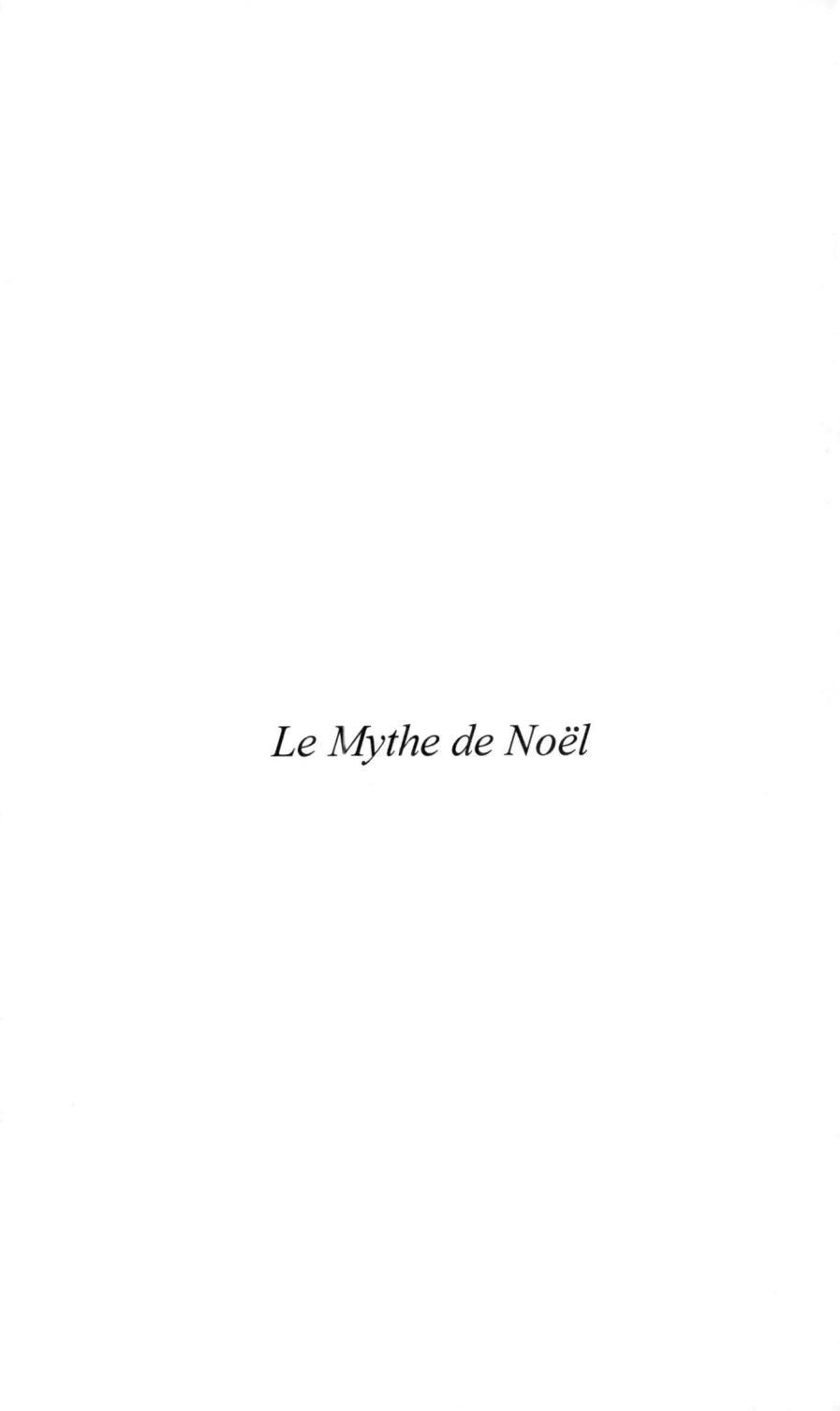

Le Mythe de Noël

Murielle Lucie Clément

Le Mythe de Noël

MLC

Du même auteur

Crime à Paris
Crime à Amsterdam
Crime à l'université
Lettres de Sibérie
Comment devenir proustien sans lire Proust
La fabuleuse histoire d'Amsterdam et des Pays-Bas

Editions MLC
Le Montet – 36340 Cluis

© MLC 2015
ISBN : 978-2374320090
Dépôt légal : Septembre 2015

À vous

Prologue

C'est après un séminaire d'opéra que je donnais pour les prisonniers à la Maison d'Arrêt des Hauts de Seine que j'ai ressenti le besoin impérieux d'écrire ce recueil de récits autour de Noël.

Nous avions travaillé une semaine sur *Carmen* de Bizet et la présentation de nos efforts avait eu lieu le 24 décembre dans l'après-midi. Lorsque nous nous quittâmes, le cafard me prit. Non seulement laisser des êtres humains derrière les grilles et les barreaux, mais aussi devoir supporter les futilités d'un Réveillon parmi des étrangers totalement inconnus de moi me devenait pénible. Malgré la chaleur et la compréhension qui émanaient des convives, je me sentais plus proche de ceux avec qui je venais de partager tant d'émotions et de musique. Pour comble de malheur, les nouvelles à la télévision relataient l'histoire d'un détournement d'avion et la nuit de Noël était ravagée par une tempête destructive.

Le retour à mon appartement amsterdamois fut empreint d'une désolation envahissante peuplée des souvenirs de Noëls encombrants. C'est alors que le gouffre noir de la création m'engloutit brutalement et après avoir débranché le téléphone, cantonnée dans ma chambre à coucher, je m'absorbais dans l'écriture de ce qui allait devenir *Le Mythe de Noël*. Je planifiais douze récits. Ils naquirent en moins de deux semaines pendant lesquelles j'écrivais sans relâche, m'endormant de temps en temps pour une heure ou deux pour reprendre mon stylo au réveil. La tâche accomplie, j'en dénombrais treize. Que l'on m'épargne d'avoir à déclarer comment cela se produisit ! Je ne saurais le dire !!

Soudain ils étaient là, chacun d'eux représentant l'un de ces Noël qu'il m'avait été donnés de vivre. Tous portent en eux ce noyau de vérité indispensable à toute expression. Sortis des méandres des souvenirs, ils sont un hommage à la générosité de ceux que j'ai eu l'honneur de croiser sur le chemin de la Vie, un témoignage de leur lutte pour l'existence. Succès ? Echec ? Que celle-ci n'ait pas été vaine !

Une fois le recueil terminé, la force des récits parut évidente. Quelques amis m'incitèrent à chercher un éditeur. Pourquoi avoir traduit le manuscrit en cinq langues ? Pour en faire un seul livre qui puisse être lu simultanément dans le monde entier ! Parce qu'au XXIème siècle, l'Europe se forme et que nous nous devons de communiquer ensemble pour éviter la catastrophe planétaire qui nous menace si nous négligeons de le faire. Pour cela, les langues nous sont indispensables.

Ce recueil est loin d'être l'ultime solution aux problèmes mondiaux, mais il est une pierre pour l'édification du pont que nous devons jeter au-dessus du fossé qui nous sépare les uns les autres. Noël doit être une fête de partage, essayons de nous en souvenir.

Ave Maria

« *Amen*, » lance la congrégation en écho aux prêtres drapés dans leur chasuble ivoire sur une jupe incarnate. Alignés sagement sur les chaises de paille, les souliers polis, l'un contre l'autre à plat sur le sol, les mains immobiles sur les genoux, le dos bien droit, le menton rasé de frais, le regard clair, les cheveux brillants, respirant à peine, ils ne quittent pas des yeux l'archevêque venu célébrer la messe de Noël.

« *Dominus Sanctus*, » récite ce dernier de sa voix sombre.

« *Amen*, » lui est-il répondu d'une seule voix attentive. Incalculables, des cierges exubérants répandent une lumière douce qui caresse les fresques dans les moindres recoins ombrés. Les rouges et les bleus dégradés s'agitent dans des envolées de manches, de tuniques larges comme des voiles de frégates d'où s'échappent, mutins, de gracieux pieds potelés aux orteils menus. Illuminés de sourires intérieurs, encadrés de chevelures où foisonnent des rubans sauvages, les visages de la jeunesse exhibent leur regard langoureux plein de commisération. « Amen », semblent murmurer leurs lèvres délicatement ourlées de carmin. Les ors, dont la brillance chatoie dans la pénombre, laissent présumer un monde d'abondance et de gaieté.

« *Ave Maria.* » Une voix d'ange s'éveille. Pure, elle s'élance à l'assaut des ogives, s'enroule tendrement autour des piliers trapus ; câline, elle s'incruste dans les encensoirs, rebondit enjôleuse sur les marbres froids.

« *Gratia plena.* » Une à une, elle égrène un chapelet de syllabes mystiques. Sous la voûte où règne un silence sacré, les pétales des lustres s'entrechoquent imperceptiblement, l'assistent élégamment de leurs notes cristallines.

« *Dominus Tecum,* » module la soliste virginale. Son timbre effectue aisément les permutations de voyelles, chacune d'elles étant ciselée avec amour et précision. L'acoustique les répercute de berceau en berceau jusqu'aux chapelles absidiales.

« *Benedicta tu.* » Autour d'elle, la chorale attaque à pleine voix la contrepartie alors que, dans le vaisseau central, les croyants psalmodient dans un chuchotement à peine audible.

« *In mulieribus,* » murmure le chœur d'enfants vibrant dans le transept. « Cantabile » leur a inlassablement répété leur chef battant la mesure d'un rond de bras. « Cantabile » retentit dans leur registre ensorcelant comme un filet de source sur la mousse au fond des bois. La fluidité de leur émission cascade en roulades éphémères, inonde l'édifice d'une clarté divine qui s'écoule en caresses bruissantes aux pieds des voussures sculptées.

« *Et benedictus fructus,* » entonne d'un seul accent, tremblotant de justesse recherchée, l'assemblée réunie en une ardeur dévote. Le bourdonnement de leur organe s'achemine avec une piété chaleureuse vers le Seigneur crucifié.

Dans le clair-obscur, irradiée d'une lueur diaphane, la croix resplendissant d'un éclat réfringent, réverbère en miroitements diffus une prolifération de scintillements frémissants. La tête penchée sur l'épaule, les paumes sanglantes loin, très loin du buste, à l'extrémité des bras étirés, Il soutient avec peine son corps mutilé, enrobé d'un pagne d'argent. Le Sauveur croise les pieds attachés par une cordelette nouée aux chevilles. Le front courbé couronné d'épines de diamant, Il pleure des larmes de vermeil, d'émeraude et de sang.

« *Ventris tui.* » Les gorges roucoulent leurs ultimes trilles, vrillent un dernier appel filé à l'aube amorcée par les vitraux. Toutes plumes ébouriffées, une tourterelle somnolente souligne d'un ébrouement discret le silence suprême. Insensiblement, les volutes de la musique se dissipent dans un brouillard d'encens. Amen.

Le raclement des chaises repoussées avec nonchalance sur le carrelage ramène les fidèles au sol. Leurs semelles furtives frottent le grand échiquier noir et blanc, les emmènent inexorablement vers le cadre du portail aux battants grand ouverts. Sur un fond d'azur vif engendré par le ciel et la mer mêlés, leurs silhouettes s'agitent en ombres féeriques. A demi aveuglés par la luminosité subite, ils s'attardent sur le parvis dans leurs atours de fête. Coiffées de turbans raidis d'amidon, les femmes arborent triomphalement des tenues resplendissantes d'un ivoire opalin, leur cinglant les mollets d'une multitude de jupons à volants dont les froufrous exacerbent le désir des hommes, eux aussi, de blanc vêtus. Des gerbes odorantes de lys jaune pâle s'entassent dans les bras surchargés, alliant leur fragrance aux couronnes de roses tressées. Les rires fusent, les doigts s'enlacent, les yeux s'aguichent, on promet de se revoir après la cérémonie. Un frémissement parcourt les êtres. L'évêque et la soliste sortent de l'église. Ils conversent à voix basse. Se retournent, hésitent, font encore quelques pas. Tous les deux s'immobilisent un instant, clignent des paupières dans la clarté retrouvée. Puis, c'est à la Vierge de saluer la lumière. Hissée sur une estrade de bois portée à bras d'hommes, revêtue de ses plus beaux atours, elle domine la foule qui se signe religieusement. Les tambours réguliers secouent un rythme assourdissant. Soumise, sans un cahot, la procession s'ébranle, prend le chemin du Pelourinho. C'est au son de la samba que Maria fait le tour du vieux quartier. Ceux qui ne la suivent pas lancent en offrande des fleurs sur son passage, d'autres lui jettent des baisers, tous lui rendent respectueusement hommage.

Le jour s'est avancé, la chaleur s'est emparé des pierres tremblant à l'unisson de la grosse caisse. Un triangle, inlassablement, percute les temps forts, alors que les baguettes malmènent frénétiquement les peaux sèches tendues. Les talons martèlent en cadence les pavés arrondis comme des crânes chauves de nouveau-nés. Les femmes alourdies de vapeur s'épongent en riant, maudissent le vernis ciré de leurs chaussures neuves. Une ose la première se libérer de la contrainte, bientôt imitée par ses consœurs qui préfèrent les pieds nus au décorum de la fête. La sueur perle à tous les fronts, auréole les aisselles. Encore un petit effort et Maria satisfaite réintègrera pour un an la fraîcheur de son tabernacle. Le défilé s'arc-boute, s'agrippe, assaille la côte et, dans une convulsion, hoquetant, se range sur les marches conduisant à la basilique. La corvée inévitable terminée, tous s'engouffrent déli-

vrés dans la nef béante, s'étalent sans ver-
gogne sur les sièges d'osier. Certains
s'éventent d'un missel, d'autres pincent leurs
vêtements au-dessous des bras, l'écartent de
leur peau entre le pouce et l'index, se tortillent
pour se procurer un peu d'air. Ils soufflent
bruyamment, stimulés par le devoir accompli.

Maria, parée de ses colliers, est reposée sur
son socle doré. Les cloches se déchaînent, ti-
rées à la volée par quelques volontaires sus-
pendus aux cordes. Tranquillement, par petits
groupes, les croyants s'égaillent, se dirigent
vers la plage, vers le cœur de la ville, beaucoup vers Mercado Modelo, le port où des
restaurants les invitent. Ils y décortiqueront
les crabes vermillon aux pattes géantes, dé-
gusteront les pieds de cochons aux haricots
bruns, les couennes de porc au safran, servis
avec du riz, se pourlècheront des fricassées de

viande de bœuf à la farine de manioc. Quelques couples se forment. Ils ont d'autres appétits.

Noël blanc

L'étendue lactescente étincelle sous le ciel sans nuages, nivelle toutes les aspérités du paysage, les enrobe d'une ouate douce aux reflets bleutés, roses par endroits. Les troncs des jeunes bouleaux, ceux-la mêmes qui sont restés sur pied pour une prochaine coupe, disparaissent au regard, se fondent dans le décor ambiant. Quant aux vieux arbres, débités, entassés en pile, rangés en quinconce, ce sont des monticules immaculés, au sommet desquels seules les pies et les corneilles s'aventurent.

Le dos tourné à la forêt, Micha s'imprègne à éclater de cette vision hivernale, de cette pu-

reté sauvage aux discours grandiloquents.
L'air immobile l'entoure d'une bulle de verre
liquide qui se meut au gré de ses mouvements,
cristal au travers duquel transparaît le trait
d'horizon lointain, là où de temps à autre se
dessine la silhouette incertaine d'un troupeau
de cervidés blancs.

« Là-bas, là-bas, » chantonne Micha pour lui-
même.

A sa droite, inconscient de sa présence, un
renard argenté bondit inopinément. Il se précipite dans un tunnel de neige, sa queue en
touffe battant le vent. Micha lui souhaite tout
bas bonne chasse. Il sait que cette époque est
rude pour tous les êtres des bois.

Après avoir scruté le ciel minutieusement,
il est certain que la tempête apaisée ne revien-
dra pas au moins avant quelques jours. Par
contre, la température baissera encore de plu-

sieurs degrés. Sa respiration aiguillonnera ses poumons, il sentira ses yeux râper ses paupières, plus un mot inutile ne franchira ses lèvres. Il se déplacera parcimonieusement, avec économie, mesurant scrupuleusement son effort, chaque geste inconsidéré pouvant être fatal. Micha soupire. Son traîneau chargé de bûches derrière lui, il reprend sa marche. La neige mauve reflète les rayons orangés du soleil qui ne se couchera pas. Au passage, il relève quelques trappes et serre ses prises gelées au fond de sa besace.

Des centaines, peut-être des milliers pataugent dans la boue glacée à l'entrée de la baraque transformant le sol en une raspoutitsa hors saison. Pas une rumeur, pas une parole ne s'élève de la foule en haillons. Dans une attente patiente et silencieuse, les corps aux visages livides, les yeux exorbités par l'appréhension, tendent l'oreille pour capter le silence. Soutenus par l'espoir discipliné d'une ration hypothétique, ils se sont rangés en une file tortueuse, épaisse, piétinante. Lorsque la porte s'ouvre enfin, un léger bruissement agite les hommes et les femmes squelettiques. La vue du commandant leur instille un tressaillement fugace incontrôlable. De crainte ou d'espérance ? Nul ne saurait le dire avec certitude.

Le visage coincé entre le col et la casquette de loup, les yeux fixent la masse humaine sans la voir. Un rictus de mépris exsudant au coin de la bouche, ses incisives en or hachent le message fatidique.

« Pas de ravitaillement ! Ni aujourd'hui, ni demain ! »

Les mots s'envolent, frôlent les corps mal nourris. La tension qui avait atteint son paroxysme à l'apparition de l'officier s'évade de la foule. Un long soupir de découragement la prive de toute émotion. Une baudruche crevée. Ils jeûneront pour Noël.

Entre-temps, à l'extrémité du camp, dans un angle abrité du vent et des regards attentifs, Micha souffle sur un feu. Au-dessus des braises rougies par les flammes, empalé sur une petite broche d'acier, un rat dépiauté cuit doucement.

Le sapin de Noël

Embusqué au fond des nuages, le temps maussade reste à l'affût d'un indice lui permettant de se manifester. Il guette la brise légère, prête à l'assaillir d'une averse lorsqu'elle se couchera. Protégée derrière la grande baie vitrée du séjour, Bernadette, affairée près de l'âtre, attend impatiemment son fils cadet Sylvain. Aujourd'hui, avec sa nouvelle amie, il doit venir partager le repas de Noël. Elle aurait préféré qu'il soit présent au Réveillon, l'avoir près d'elle, mais elle a compris que la seule manière de ne pas se l'aliéner complètement, était de le laisser libre. Hier, pour la première fois depuis que ses fils sont nés, elle a dû se contenter de la présence de son aîné. Bien qu'elle n'en ait rien laissé paraître, la séparation lui a pesé. D'autant plus que devant sa belle-fille, une polonaise, qui de toute évidence a jeté son dévolu sur Olivier pour liquider ses problèmes de visa, elle est toujours obligée de faire bonne contenance. Il est clair que si les papiers d'Aliona avaient été en règle, il n'y aurait pas eu de mariage. Pas de belle-mère non plus pour Olivier. Du moins pas immédiatement, pas officiellement et, elle, Bernadette, aurait pu éviter de fréquenter cette bonne femme revêche, rébarbative, avec laquelle elle ne peut échanger trois mots.

De toutes façons, la mère d'Aliona est impossible à vivre. Toujours à réprouver sa fille, à la démoraliser et le pire, que Bernadette a bien du mal à supporter, sans cesse à faire des réflexions désobligeantes à l'égard d'Olivier, remarques que, par ailleurs, Aliona s'empresse de lui rapporter sans faute, intégralement. Bien sûr, il est vrai qu'Olivier n'est pas tout fait bien organisé, il est musicien de jazz ; pour les artistes, la vie peut être difficile. Cependant, elle croit en son talent ; depuis son plus jeune âge, elle l'a toujours soutenu. Elle est certaine qu'un jour prochain, il percera, sera très capable de se tenir sur ses jambes. Pavla, la mère d'Aliona, lui reproche de rester au lit toute la matinée. Bernadette a bien essayé par le truchement d'Aliona, qui se révèle une traductrice indispensable, de lui expliquer qu'il avait toujours été ainsi. Bébé déjà, il sommeillait jusqu'à midi, pour n'entrer en action qu'en fin d'après-midi. Selon Pavla, il s'agirait d'un manque de discipline, la nature d'un être humain devant se plier, par la volonté, sous la formation de la personnalité. Pour Bernadette, l'affaire est claire : sa théorie s'appuie sur l'ancien régime. Malgré cela, ne parlant pas un mot de polonais et Pavla ne sachant que très peu de français, les discussions trop avancées sur le sujet ont pu être évitées jusqu'à présent.

Bernadette dispose le petit bois et les bûches en une alternance étudiée. D'habitude, Sébastien se charge d'allumer le feu dans la cheminée, mais pour l'instant, il est parti chercher sa mère qui, elle aussi, participera au repas de fêtes. Ce n'est pas que Bernadette apprécie la vieille dame, mais comme il faut bien l'inviter une fois de temps en temps, autant que ce soit ce soir, comme cela elle sera débarrassée de cette corvée familiale.

Bernadette sourit en pensant à son mari.

Elle aime bien la manière qu'il a de lui dire qu'elle s'y prend mal, que les flammes ne se propageront jamais de la sorte. En vingt ans de mariage, leur couple s'est construit solidement, des rites sans perfidie se sont installés entre eux, des répliques douces formant les charnières immuables de leur bonheur. Faisant le tour de la pièce, elle écorche du regard le jeune sapin en bout de table, cadeau de la mère d'Aliona. Refuser le présent aurait été contre les règles de la politesse, elle ne pouvait non plus pêcher contre celles de l'hospitalité. Pourtant, elle sent que cette femme s'immisce habilement dans son intimité, jusqu'à apporter de Pologne un arbre de Noël ! Symbole ridicule de son entrée en leur famille ! Pleine de rage invisible, Bernadette a acheté un arbre de trois mètres de hauteur. Tant pis s'il a fallut en scier le faîte ! C'est elle la maîtresse de maison. Que Pavla appelle Olivier « mon fils » ne changera rien à l'affaire !

Elle a réussi à le faire décorer par ses deux garçons. Un fait qu'elle a glissé avec astuce à plusieurs reprises, dans la conversation pendant le dîner. A cela, Pavla pouvait difficilement répondre, surtout qu'elle ne pouvait suivre la discussion si Aliona faiblissait, par mégarde, dans ses devoirs d'interprète.

Bernadette aurait bien voulu que ses fils restent petits ou alors, qu'ils grandissent sans lui amener de brus ou de belles-mères. Ils lui auraient garni son sapin ; un seul. Ils auraient pris part au Réveillon avec ses amis à elle au lieu de le passer Dieu sait où. Dorénavant, ils sont absents pour les fêtes, la confrontent à la solitude qui est le lot des vieux couples, viennent accompagnés d'étrangères insupportables qu'il lui faut intégrer dans ses emplois du temps.

Une grande goulée de vent s'abat dans la pièce à l'arrivée de Sylvain et Sabrina. Bernadette les embrasse chaleureusement, les serrant sur son cœur comme des prisonniers de guerre revenant du camp ennemi. Sabrina n'a fait aucun effort de toilette. Le pantalon noir effiloché aux genoux, qu'elle porte pour aller au lycée, un chandail de forme vague à la couleur incertaine, un maquillage baveux autour des yeux à demi dissimulés par des mèches batailleuses à l'aspect douteux. Mais ce qui chagrine vraiment le plus Bernadette, ce sont les brodequins militaires marrons, boueux, posés fièrement bien en évidence sur le tapis à fleurs, dénotant un manque d'élégance et une provocation certains. Elle a l'impression d'avoir les orteils écrasés par les grosses semelles de la jeune fille.

Elle propose un apéritif pour chasser, refouler la désapprobation qui se fraye un chemin jusqu'à ses lèvres. Elle offre le choix entre le kir à la mûre et le champagne, apporte des verres, des amuse-gueule. Enjouée, bonne comédienne, elle se rassoit après avoir servi les nouveaux venus. Elle accepte la situation, évitera de regarder les chaussures.

« Il est horrible votre sapin. Ce n'est pas de cette manière que l'on décore un arbre de Noël. Il y a des boules de toutes les couleurs, les guirlandes pendouillent verticalement. A la maison, nous en mettons uniquement des blanches disposées en rond et quelques boules d'une seule et même teinte. Et vous n'avez même pas d'éclairage électrique, c'est vraiment triste. »

Bernadette est bien trop estomaquée pour

pouvoir répondre autre chose qu'un « Ah ! » affaibli. Encouragée par le mutisme évident de ses interlocuteurs, Sabrina reprend d'un ton pertinent :

« Et puis, elles sont vraiment moches vos guirlandes, toutes dépenaillées. Regardez ces trucs-là, là dans le coin, c'est quoi ? Du coton ? Des bonhommes de neige ? Ils sont vieux, miteux, décolorés. Cela ne se fait plus. En outre, vous en avez deux des sapins. On dirait que vous avez vidé la boîte de décorations dessus, comme on le ferait d'une poubelle. Ils sont faits sans amour. »

Avant que Bernadette ne lance l'objection sévère qui lui vient à l'esprit et ne rabroue impoliment la jeune fille, la remette vertement à sa place, Sébastien fait une entrée on ne peut plus à propos. Diplomatiquement, il pousse sa mère devant lui, la fait pénétrer dans le salon.

Jamais Bernadette n'a été aussi heureuse de l'apparition de sa belle-mère.

La forteresse rouge

Georges lève la tête. Haut dans le ciel, les
rapaces tournoient au-dessus de la ville, surveillent les allées et venues dans les artères,
attentifs au moindre signe leur indiquant une
proie facile, une pitance possible. Concrétisée
par leur présence, une menace indécise appe-
santit chacun de ses pas.

En arrivant à l'aéroport, toute sa connais-
sance du monde, tout ce qu'il pensait savoir, a
été balayé par la réalité relative de l'instant.
Même le bus qui le brinquebalait sur le goudron surchauffé transperçait son attitude. Il lui
avait donné le nom de bus, mais le véhicule

était autre. Jamais il n'en avait vu de semblable. Il avait bien quatre roues et une carrosserie, un volant, probablement un moteur pour aider à le propulser, l'analogie s'arrêtait là.

« Welcome to Delhi, International Arrivals »

« Welcome to Delhi, » écrit en lettres capitales accueillantes, contrastait étonnamment avec la deuxième partie de l'énoncé, formait une disparité flagrante.

« International Arrivals ». Si souvent, il avait pu le lire aux quatre coins de l'Europe, mais le contexte était méconnaissable ! Les toits de tôle ondulée lui infligeaient la surprise d'un anachronisme révélateur, planté par inadvertance dans la poussière ocre et jaunâtre. Deux ou trois heures s'étaient écoulées depuis l'instant où il avait pénétré dans le bâtiment et le moment où il en était ressorti.

Pourtant, aucune formalité sortant de l'ordinaire n'était appliquée. On lui avait demandé de produire son passeport, délivré deux ou trois tampons après qu'il eut allégué n'avoir rien à déclarer. Le processus était en tous points semblable à Charles de Gaulle, Leonardo da Vinci ou Heathrow. Seule la lenteur de la procédure était surprenante. Sa première confrontation avec le tempo régissant la ville avait eu lieu.

Revenu dans le monde libre, il éprouva une sensation indescriptible, déconcertante, une curiosité inassouvie qui l'envahissait. Décembre. Il avait laissé la neige et la glace, les fourrures et les bottes derrière lui. Soleil, manches courtes, arbres en fleurs, bronzage le saluaient, visions inhabituelles qui le transposaient dans l'intemporel fugace de la différence climatologique sans rémission. Qu'il choisisse un taxi ou un rickshaw pour rejoindre son adresse, il ne pouvait éviter les chiens faméliques à la recherche de restes puants et surtout, il devait consacrer au rite du bakchich. L'incroyable dilemme de la différence culturelle l'assaillait. Les mendiants de même, étaient présents au rendez-vous. Les femmes drapées dans des saris aux teintes poussiéreuses qui dessinaient leurs courbes en des voiles pudiques, les hommes dans des haillons ancestraux dont il ne pouvait dire s'il s'agissait de shorts ou de jupes. Mais, il ne pouvait l'ignorer, tous sans exception tendaient la main pour une aumône qu'il était encore incapable de leur donner tant il était resté engoncé dans le carcan de ses habitudes parisiennes. Pressé, toujours pressé, trop de temps perdu à la douane ! Vite, vite ! S'enfouir dans une voiture, jeter un nom de rue, s'enfermer dans ses pensées. Il avait cependant eu le temps d'apercevoir les haies fleuries d'écarlate. C'était il y a trois jours. Une éternité.

Il avait déambulé toute la matinée et se laissait maintenant conduire en pousse-pousse jusqu'à Lal Qila, la forteresse rouge. Hier après-midi, il avait visité la tombe de Gandhi, ébloui par les marbres noirs, polis, recouverts d'œillets d'Inde jaunes et orange. La plupart d'entre eux arborant autour du cou de gros colliers de fleurs naturelles en guirlande qui zébraient comme des éclairs leur costume immaculé en coton impeccablement repassé et empesé, des hommes marquaient leurs discours de gestes ponctués, circulaient en groupe autour du mausolée, devisaient sur les cotes de la bourse. Pleines de rires, des jeunes filles pique-niquaient, ouvraient des paniers, clamaient leurs préférences, s'extasiaient devant les provisions entassées, enroulées dans des linges aux teintes variées.

Les murs rose carminé de la forteresse, érigés au fond de l'avenue, affichent la probité de son appellation. Le chauffeur dépose Georges à l'entrée principale après un slalom entre les visiteurs et les marchands de cacahuètes. Il avise des familles entières assises au pied du rempart. Le macadam est leur résidence, un bout de couverture pour tout mobilier. Toute leur vie se résume sur ces quelques mètres carrés, réunissant plusieurs générations, l'air chaud leur seule possession. Ici, être sans abri signifie naître, vivre et mourir dans la rue. Sur le trottoir, on cuisine, on dort, on fornique. Tous les petits et grands épisodes du quotidien s'y déroulent au vu et au su de tous. L'intimité a lieu sur un autre plan, ainsi que le respect de l'être humain.

Il y a belle lurette que le fort ne renferme plus de trésors, que ses merveilles ont disparues sous les pillages répétés des bandes de voleurs, des gouvernements successifs, des colons britanniques. Cependant, parmi les ruines salies, Georges peut encore imaginer les fastes anciens transparaissant sous les vestiges dénonçant la grandeur passée. Il se laisse entraîner par l'ambiance des souvenirs de richesse mitigée par la vue de la misère actuelle. Il fait l'acquisition d'un bouquet de plumes de paon dont le chatoiement suggère les bijoux des maharadjahs disparus. Sorti de l'enceinte, il flâne dans le vieux quartier.

Plus il se rapproche de Jama Mashid, la grande mosquée, plus l'air devient irrespirable. Les narines torturées par l'odeur âcre de chèvre, d'urine, de défécation, obnubilé par le spectacle des mourants, il avance. Il enjambe sur le chemin de sable blond les corps venus se marier au néant.

Un homme, épave échouée sur les rives de la vie, gît nu. Il râle. Un gargouillement nauséabond soulève son abdomen en soubresauts saccadés, ses lèvres se crispent sur la douleur, ses yeux se révulsent sous ses paupières closes, baissées dans une ultime pudeur. Il s'éteint à la vie. Son souffle putride invite la mort à l'étreinte. Georges ne peut détourner son regard de l'homme qui ne le voit plus malgré le soleil inondant son visage où ne perlera plus jamais la sueur.

Noyés dans le saphir, les flots incandescents glacent la scène de leurs rayons hautains et impérieux. La foule indifférente fixe l'horizon, passe nonchalamment à frôler le trépassé. Quelques badauds intéressés

s'empressent plus loin, dépouillent un mori-
bond allongé dans l'ombre rachitique d'un
eucalyptus. Georges émerge de sa stupeur.
Alentour, rien ne rappelle le jour de la Nativi-
té.

Vol 7.45

Jean-Claude quitte son pardessus et le bourre dans le porte-bagages correspondant au numéro de son siège. Il s'assied, boucle sa ceinture, déplie son journal. Il peut se détendre enfin. La course contre la montre est gagnée, il passera le Réveillon en famille. Quatre journées de repos, qu'il s'est promis de consacrer entièrement à Hélène et aux enfants, s'ouvrent devant lui. Un minuscule sapin, moucheté de pommes naines nacarat et mordorées, rappelle que c'est Noël. Emmitouflée dans son vison, une grosse dame blonde fait irruption dans l'allée centrale. Sa voix haut perchée clame sa désapprobation à l'intention du vide. Les mains bouffies virevoltent avec une agilité démonstrative, soulignant son babillage de gestes insensés marqués de l'éclair fulgurant de ses bagues. L'hôtesse de l'air en a vu bien d'autres et ne s'émeut pas pour autant. Impassible, le sourire de service plaqué sur son visage avenant, elle l'écoute patiemment. Surtout ne jamais contredire les passagers. Jean-Claude ne peut s'empêcher d'observer cette face qu'il pense reconnaître.

Les yeux surchargés de faux cils épaissis au Rimmel, agrandis par les fards généreusement étalés à l'Égyptienne, s'étirent jusqu'aux tempes dégagées de la chevelure rejetée en arrière, ramassée sur la nuque en un lourd chignon qui semble commencer à partir du front. Un grand peigne d'écaille étoilée de diamants trahit des origines andalouses. Les pommettes saillent sous le rouge. Les lèvres pourpres, articulent exagérément, massent gravement la dentition avec constance.

« Mais non, Mademoiselle, il doit y avoir une erreur. Je ne fume pas. »

La jeune femme répète sans aucune trace d'irritation que, bien qu'il y ait des cendriers, le siège de la dame se trouve dans la section non-fumeurs.

« D'ailleurs, Monsieur est le seul passager, » fait-elle en désignant Jean-Claude d'une inclinaison aimable de la tête.

Rassurée, après un signe affirmatif à l'intention d'un entourage imaginaire, la retardataire consent à se défaire de sa fourrure, aidée par la jeune femme souriant toujours.

La raison du remue-ménage reste confuse pour Jean-Claude qui se replonge dans son article. Comme à l'accoutumée, il éprouve cette vacance dans ses pensées, ce désert au creux de l'estomac à l'approche du décollage. Le nombre imposant de vols à son actif n'y change rien.

Les moteurs se déchaînent, vrombissent d'une stridence audible jusque dans la cabine, la piste défile plus vite sous l'aile, son dos s'appuie plus lourdement contre le dossier, il s'arrête de lire pour sentir l'appareil se soulever au moment où ses fémurs se distendent. Les roues quittent le sol. La montée de l'engin commence. Il sait qu'il n'aura de repos qu'après avoir abordé l'altitude de croisière. Jusque-là, une sorte d'hébétude fébrile qui l'afflige déjà ne le quittera plus.

Un apaisement soudain transperçant ses muscles lui fait comprendre qu'ils sont à la hauteur requise. Instinctivement, il se remet à lire, cherche des yeux le fil de son histoire parmi les caractères imprimés en ligne. Il accepte un verre de champagne offert gracieusement, mais refuse poliment le plateau de snacks qui se veut alléchant. Il n'aime pas le caviar. Qu'il soit rouge ou noir, il ne supporte pas ce goût de poisson en granulé.

Le babillage de la dame blonde lui parvient en fond sonore dans le lointain. Il sent plus qu'il ne voit le steward replier son journal et recouvrir ses jambes d'un plaid léger.

Un hurlement le réveille. Devant lui, un inconnu braque un revolver, lui intime de se lever. Il s'exécute avec précipitation. L'étranger le palpe, passe la main sous son siège et, le repousse brutalement à sa place. La passagère platinée a disparu. Un second homme armé sort de la cabine menant au cockpit. C'est alors que quelques rangées de fauteuils plus loin, il avise le corps affalé de sa voisine. La nuque, d'où s'échappe des spirales de cheveux par saccades, signale que l'irréversible ne s'est pas encore produit.

Le nouvel arrivé échange avec l'homme qui vient de le fouiller des paroles dans une langue heurtée aux accents gutturaux, dont le sens lui échappe. Un troisième acolyte écarte le rideau, fait irruption devant lui. Il vient de la classe touriste. Combien sont-ils donc ? Un conciliabule les groupe en dehors de son champ de vision. Il préfèrerait fermer les yeux, mais il les tient ouverts malgré tout.

Toute ouïe tendue, il s'imprègne des bribes de phrases incompréhensibles. Est-ce bon ou mauvais signe qu'il soit encore à la même place ? Il essaie d'analyser la situation, mais il manque de références. Il se maudit de n'avoir jamais lu le rapport officiel d'un détournement d'avion. Car l'évidence parle d'elle-même. Ils sont victimes d'un groupe de terroristes ou de gangsters. Subrepticement, il consulte le cadran de sa montre. Ils auraient dû commencer la descente sur Charles de Gaulle depuis une demi-heure. Aucune idée de l'endroit où ils se trouvent. Ce n'est pas une montre qu'il lui faudrait, mais une boussole. La vision des nuages, parfaits par les rayons de soleil, ne l'aide pas beaucoup à définir la latitude, tout au plus leur altitude, encore trop élevée pour annoncer un atterrissage prochain. Par la position du soleil, il déduit qu'ils n'ont pas changé de direction. L'appareil amorce un virage sur la gauche sans perdre de l'allure puisque la cabine vibre lourdement. Un autre pilote serait-il aux commandes ? La porte du fond s'ouvre. Les poignets liés sur les reins, poussés par le canon d'un revolver, l'hôtesse et le steward avancent entre les rangées de dossiers. C'est le moment que choisit la femme aux fourrures pour se relever péniblement. Elle émet un grognement sourd à la vue de l'arme pointée, elle se dirige en titubant vers le trou noir. Un beuglement en anglais n'interrompt pas son avancée. S'agrippant des deux mains, elle progresse vers le groupe à l'autre extrémité. D'un geste amplifiant son ordre, l'homme lui intime de s'immobiliser.

La mâchoire crispée, souillée de bave rouge, les joues grises, striées de coulis noir, elle ne le voit plus, lui et son arme mortelle. Elle a dépassé les limites de la raison. Son esprit erre dans les contrées où aucune parole ne peut plus l'atteindre.

Jean-Claude ne peut détacher son regard de la scène. Les narines dilatées, il respire entre ses dents prêtes à se rompre l'une sur l'autre.

L'atrocité d'un scénario inconnu et familier tout à la fois se dévide sous ses yeux, sans qu'il puisse en changer le moindre détail. Dans sa tête, le bruit du bouchon de champagne qui saute et le hurlement animal poussé par la dame blonde éclatent simultanément.

La face déformée par un rictus de bête acharnée, elle s'est précipitée d'un bond sur l'œil rond qui la fixait. La flamme rageuse crache un noyau destructeur et, la réponse la fauche de plein fouet. Le chignon se déroule toutes mèches dehors, il croule pesamment, sans bruit sur les épaules fléchies. Le temps se décompose en petites bulles transparentes qui se bousculent lentement dans l'espace de la mort. Elles pivotent avec ampleur, suffocant le silence pour se figer un moment dans un instantané d'horreur. Imperceptiblement, elles rosissent en une fleur aux pétales pudiques poudrant de carmin le grand front d'albâtre ridé. Elles explosent en fureur au son de la chute et, s'évanouissent prestement dans les fissures de l'éternité.

Muets, l'hôtesse et le steward enjambent le cadavre et disparaissent dans le cockpit. Jean-Claude réalise avec stupeur qu'il n'entendra plus la grosse dame larmoyer ni rugir. Son corps échoué sur le cobalt en damier du tapis, lui sert d'éloquence, le pire lui fait vis à vis.

Le tueur revient seul et, sans prononcer un mot, applique le métal contre la tempe de Jean-Claude immobile, aspirant l'inéluctable. Une pomme pourpre se détache de l'arbre, roule à ses pieds, arrêtée par le rebord de sa semelle. Perplexe, il la contemple bêtement, louche hébété par sa brillance sur sa rondeur, étonné de sa teinte diaprée, dilatée de mar-brures vieil-or. Avant que l'éclair ne le réchauffe éternellement, une pensée lumineuse s'attache pertinente à son esprit. Découragé, il expire. Encore un Noël qu'il ne pourra passer auprès d'Hélène et des enfants.

24 décembre

Je vois leur tête longer la haie de troènes. Mon oncle ouvre martialement le chemin, ma tante, bon troupier, lui emboîte le pas. Un court instant, le pilier du portail les dissimule à ma vue. J'écarquille les prunelles pour saisir le mouvement de la poignée qui tourne, preuve certaine de leur venue ; des étrangers tireraient la clochette. Seule la famille pousse la porte sans façon. Celle-ci baille tout d'abord, puis repousse la couche de neige, s'ouvre en grand. Elle encadre le couple attendu. Mon oncle Émile et ma tante Maud m'apparaissent enfin complètement.

Négligeant les appels de ma mère qui m'ordonne de me couvrir avant de sortir, je me précipite au-devant d'eux. Ils sont mes préférés. Jamais ils ne me traitent en petite fille, jamais ils ne disent : « Tu as grandi » ou bien « Et l'école ? Comment ça va ? » Non, ils me considèrent leur égale, nous avons de véritables conversations. Des flocons papillonnent dans la nuit froide, me chatouillent les joues de leurs baisers glacés.

« Rentre vite, tu vas attraper froid, » déclare mon oncle en m'embrassant.

Je caresse le manteau grenat de ma tante. Il est tout doux, tout comme elle.

« Et la bouffe, ça s'annonce bien ? »

Ma tante éclate de rire après m'avoir déposé des bises sur le front.

« Pour ça, tu peux faire confiance à Maman tu

sais ! Depuis une semaine, elle ne quitte plus la cuisine !

– Alors, ça promet un bon gueuleton !

– Ah, oui ! Mais uniquement après la messe. Cette année, c'est décidé. Tout le monde est d'accord là-dessus. D'abord l'église, le banquet en revenant.

– Eh bien, on aura le temps de languir !

– Mais non ! Rassure-toi. Il y a des amuse-gueule.

– Alors, on est sauvé ! »

« Je t'avais bien dit de ne pas sortir en chaussons ! » gronde mi-sérieuse ma mère plantée au milieu du chambranle de la cuisine. Je lui rétorque avoir mis un châle sur les épaules. Aujourd'hui, c'est jour de fête. Étant donné qu'elle ne me gifle jamais devant sa sœur cadette, je peux en profiter pour transgresser les

brimades sans risquer d'anicroche significa-
tive.

J'admire mon oncle qui ôte son pardessus
et révèle l'élégance de son costume vert bou-
teille. J'aurais tant aimé qu'il soit mon père !
Lui, c'est un homme, un vrai. Il porte une
moustache finement taillée, ombrant sa lèvre
d'un éternel sourire. Ses cheveux noirs, bril-
lantinés, disposés en crans sans raie apparente, sont prolongés par des favoris courts
ornant ses pommettes. Je suis fière de lui. Il a
toujours de nouvelles occupations très exci-
tantes. Dernièrement, il a acheté deux chevaux, juste pour le plaisir de les voir batifoler
dans un pré. J'aime la manière dont il conduit
sa voiture et puis par-dessus tout, il
m'emmène souvent avec lui dans les bois. Il
me montre où se cachent les girolles, les mo-
rilles, le muguet au mois de mai. Pendant

l'été, il balise les traces du gibier qu'il traquera à l'automne. J'aime l'activité sémillante qui l'entoure à la chasse, voir ses chiens bien dressés lui répondre au moindre coup de sifflet.

Je sais qu'il ne tire jamais plus d'une pièce à chaque fois, que souvent la chasse n'est pour lui qu'un prétexte à faire une grande randonnée en campagne. J'ai compris tout cela sans qu'il ne me le dise, un jour, en le voyant lisser les plumes d'une poule faisane qu'un des chiens venait de lui rapporter. Bien que ce fût lui qui l'eût tuée, il lui caressait le col avec amour, arrangeait le duvet déplacé avant de l'enfourner dans sa gibecière.

Une autre fois, mon oncle et ma tante étaient effondrés, car il avait tué par malchance un lièvre femelle qui allaitait. Ils pensaient aux lapereaux abandonnés qu'ils ne pouvaient sauver ignorant l'endroit de leur terrier. Pour moi, mon oncle est un véritable héros, franc, fort, au cœur tendre.

Ce n'est pas comme mon père qui, bien que hâbleur, a peur d'un fusil. Il refuse de participer à la chasse, critique le plaisir des autres. Tout juste si, incité par ma mère, il s'est mis à la pêche. Je le comprends, c'est moins dangereux.

En revanche, il faut lui rendre justice, mon père est un champion ouvreur d'huîtres et les repas de fin d'année lui offrent un terrain à sa mesure. Les reins ceints d'un grand tablier marine, il reste imbattable. Pas un de mes oncles ne lui conteste sa supériorité. Même tonton Mimile ne peut s'aligner avec lui pour ce qui est de faire sauter les couvercles des coquillages. D'une pression de la lame insérée dans un interstice repéré par lui seul, il sépare les deux parties sans laisser une brisure écailler la chair de l'huître. Ma mère rosit de plaisir à voir son homme gagner de vitesse sur les autres participants. Son plat se remplit à une allure foudroyante. Non seulement, mon père est le plus rapide, mais il dispose ses coquillages en éventail, mêle les palourdes, les praires aux claires et aux belons. Après y avoir ajouté des crevettes, des moules, des langoustines, des bigorneaux, il annonce très fier que son plateau de fruits de mer est prêt. Mon père est un artiste.

Pendant que les hommes jouent les maitres écaillers d'un jour et que les femmes échangent quelques recettes en mettant la dernière main aux mets, nous, les enfants, avons la charge du chemin de table. Nous, les enfants, ce sont ma cousine Rosine, de deux mois mon aînée, qui insiste que je lui doive par ce fait obéissance, son frère Stéphane, dit Steph, mon cousin, ma sœur cadette de six ans avec laquelle j'ai trop peu en commun à cause de notre différence d'âge, et moi-même.

Ma cousine Rosie a pris la direction des opérations. Elle est jalouse car j'ai fait des cartes s'ouvrant sur deux pages avec d'un côté un dessin du Père Noël et de l'autre, écrit en belles lettres calligraphiées à l'encre de couleur, le menu. Sur le côté table, j'ai collé des aiguilles de pin en forme d'arbre sous le nom du convive. Il est clair que tous s'extasieront sur ma création.

Pour pallier son envie, elle essaie d'inventer un chemin de table époustouflant, fait d'un entrelacs de rubans, de pommes de pin, de branchages et de bougies, contournant les assiettes. La nappe se perd sous le désordre de verdure qui camoufle pratiquement mes cartons. Il y a longtemps que les petits, lassés, nous ont abandonnées pour vider dans un coin une boîte de chocolats qu'ils ont ouverte sans permission. Concentrées sur notre compétition, nous oublions de rapporter à la cuisine leur méfait, pourtant susceptible de punition, ce dont ils profitent pour s'empiffrer avec délice comme en témoigne leur museau barbouillé. Ils s'enhardissent, vont jusqu'à nous offrir une crotte, nous rendent complices de leur larcin gourmand.

Après avoir remis les menus bien en évidence dans les verres, je déclare la décoration terminée. Coiffée au poteau, Rosie voudrait bien encore changer quelque chose à la disposition des feuillages, mais les adultes reviennent de la cuisine et appréciant chaleureusement notre invention, nous réconcilient dans un succès partagé bien mérité.

De la messe de minuit, plus personne ne parle après l'apéritif et les petits fours salés. L'objectif est plutôt de se mettre à table, ce que nous faisons. Un vent de déception souffle sur mon cœur. Une fois de plus, je ne saurai pas à quoi ressemble cette messe dont on parle tous les ans avec tant de ferveur. L'approche de la révélation si espérée se fond dans le brouhaha de la conversation, repoussée d'une année au moins, la seule messe que je connaisse étant celle de la première communion de ma cousine. C'était elle, alors, la reine de la fête, avec une centaine d'autres habillées de blanc, est-il besoin de préciser. Néanmoins, j'aurais beaucoup aimé être à sa place en ce jour de gloire. Elle recevait des cadeaux aussi extraordinaires qu'imprévisibles de tous les invités. Ma mère, sa marraine, lui a offert une montre en or, un présent qu'elle ne m'a jamais fait, à moi sa fille. « C'est parce que tu ne fais pas ta communion » a-t-elle déclaré. A qui la faute ?

Sur la table, les plateaux de crustacés ont fait place aux hors d'œuvres. Debout sur des couches de macédoine, des œufs durs surmontés de moitiés de tomates mouchetées à la mayonnaise, évoquent des oronges, alors que des touffes de persil frisé imitent « à s'y méprendre » un tapis de mousse, des tomates taillées en paniers regorgent de petits légumes. Sur les grands plats de charcuterie, les lamelles de saucisson sont arrangées en pétales, forment de grosses fleurs aux cœurs de mortadelle. Des fonds d'artichauts sont entourés de cornichons coupés en éventail, les triangles de pain bis montés en pyramides égaient les quatre coins de la nappe. On y place des assiettes alvéolées garnies d'escargots persillés brûlants.

« Il faut les manger tout de suite avant qu'ils ne refroidissent. »

Et on passe à chacun les assiettes rondes.

« Il faut du pain blanc avec les escargots.

– Et du vin blanc non ? »

Grand éclat de rire. Les ripailles ont commencé.

« Ils sont bons tes escargots, » commente mon oncle Marcel.

Le verdict est tombé. Marcel, surnommé Poupée à cause de ses yeux bleus, l'expert en la matière, a parlé. Deux plats doivent recevoir son assentiment pour un repas réussi : les escargots et la tête de veau à la vinaigrette. Maman dit que c'est parce que, dans sa jeunesse, il a connu la pauvreté et que ces deux plats sont restés pour lui des délicatesses.

Chacun dans la famille a sa spécialité culinaire. Ma tante Mireille, Mimi, c'est la choucroute. Elle tapisse de couennes de porc le fond de la cocotte, en fonte exclusivement et, place à mi-hauteur dans les couches de choucroute crue, non lavée mais rincée à la passoire, alternée avec ses viandes, une pomme de reinette épluchée.

Ma tante Ariane, l'aînée de tous, trône à la tête de la table. Elle est la reine du cassoulet, née à Castelnaudary, près de Toulouse, ce qui explique sa vocation. Pour ne pas être en reste, son mari, mon oncle Armand, s'est spécialisé dans le lapin, le lapin de garenne cela s'entend, aux girolles. Pas juste quelques-unes pour agrémenter la sauce, mais en guise de légumes, rissolées dans le jus de lardons de poitrine fumée maigre.

Ma tante Georgette, la mère de Rosie et de Stéphane, a le doigté pour tout ce qui est enrobé de pâte feuilletée et les desserts. Il va sans dire que ses pâtés en croûte sont célèbres. Je soupçonne que c'est pour la supplanter, dans l'ordre des plats présentés que son mari excelle dans les fruits à l'eau de vie. Les cerises, les mûres, les pêches, les cassis, les raisins, il a tout essayé avec plus ou moins de succès, mais ce sont ses bigarreaux qui ont rallié l'unanimité familiale.

Mon oncle Emile réussit les confits de volaille à l'ancienne comme pas un, même mes tantes lui envient sa maîtrise en l'occurrence. Ma mère n'est pas très forte en pâtisseries, ce que je regrette amèrement, mais ses viandes et, plus particulièrement ses rôtis, sont toujours à point, ce qui a incité mon père à se lancer dans le sauté de veau au vin blanc et aux pommes de terre. Une recette entièrement de son cru. Mais, cette liste ne serait pas complète si j'omettais de mentionner le coq au vin, aux lardons et aux œufs pochés de mon oncle Charles.

Chez nous, un repas de famille ne consiste pas uniquement à déguster les plats présentés, nous passons en revue les recettes de chacun, savourant de ce fait doublement. Les boudins blancs engloutis, les assiettes garnies retirées, c'est au tour de la dinde de faire son entrée.

Entourée de marrons, elle trône sur son plat d'argent ovale aux anses dorées. Dans notre famille, la volaille se découpe sur la table. Pas de morceau escamoté. Les cisailles de circonstance entaillent la peau craquante, le jus rose suinte à peine des chairs malmenées.

« A point ! » est le jugement général.

S'ensuit une discussion sur les différentes propriétés des farces utilisées depuis des années et la question de savoir si le Noël prochain, on ne ferait pas mieux, pour changer, de cuire une oie. La possibilité est à considérer sérieusement, bien qu'une oie soit, tout de même, plus grasse qu'une dinde. Un fait est certain, on ne servira plus jamais de pintadeaux jugés trop secs. Tout compte fait, la dinde restera au menu. Elle présente des avantages indéniables et considérables, ayant entre autre celui de « faire vraiment Noël ». Une expression consacrée, comprise par chacun de nous. Ça fait Noël ou ça ne le fait pas. C'est pour cela que tous les ans, bien qu'y touchant à peine, nous nous escrimons à faire circuler après le plat de résistance, le plateau de fromages, suivi de salades plus ou moins exotiques, pour terminer par une bûche, sans oublier les glaces. La bûche, personne n'aime cela, mais ça fait Noël. Nous sommes des entêtés invétérés et rien ne nous fera changer, même pas notre goût maussade pour cette tradition.

Quelques heures plus tard, la carcasse du volatile, ainsi que les vestiges hagards nageant dans les grands saladiers, sont renvoyés à l'office, la cafetière fait son apparition sur la nappe tachée. C'est mon moment favori, celui des histoires, des chansons, chacun pousse la sienne. Ils se font tous un peu prier, pour la forme, une sorte de politesse, mais aucun ne voudrait manquer son tour de romance. Même les gosses, nous avons le droit de monter sur la sellette, d'avoir notre moment de gloire sous les applaudissements. Tous les genres sont permis. On module, on braille ou on murmure suivant l'humeur et les capacités. Puis, tous les ans, l'un de nous commence d'une voix légèrement plus fragile « Petit Papa Noël » écouté avec recueillement par le reste de l'assemblée. C'est un signal. Avec une régularité inexprimable, inexplicable aussi, sans nous concerter, nous entonnons « Il est né le Divin Enfant » et « Sainte Nuit ». Ça fait vraiment Noël !

La cavale

Jacques chevauche à l'orée du bois entre le pré et la clairière. Les rayons du soleil, portés par le vent, tachent les herbes d'écus de lumière. Il redresse la tête, hume la brise dans les branches feuillues. Il allonge le pas. Les arbres se raréfient pour s'éclipser tout à fait, remplacés par des graminées blondes se courbant sous la foulée. L'encolure de sa monture secoue une crinière folle dont il reçoit les effluves âcres et doux à la fois. Il arque légèrement le buste, presse ses mollets contre les flancs palpitants. La jument se cabre, s'élance, pique droit dans les blés mouchetés de sang. Il accélère l'allure, les genoux collés au garrot, les rênes à peine retenues, le regard porté vers l'horizon. Les épis font place aux chaumes, là où les moissonneurs sont passés. Il chantonne en lui-même :

« Dagadoume, dagadoume, » il imite le bruit des sabots qui frappent le sol. Des mottes de paille, emportées par l'élan, telles des escarbilles, virevoltent pour retomber lourdement dans le sillage de leur trace. Rien d'autre ne compte plus que cette folle chevauchée à travers champs, loin, toujours plus loin dans l'air frais du matin. A demi penché sur les crins flottants, soulevé sur les étriers, il encourage l'animal qui tressaille des oreilles au son de sa voix. Aimantés l'un à l'autre par une communion d'amour et d'amitié, ils sautent une haie sans ralentir le train, s'enlèvent dans les airs. Les obstacles n'existent plus pour ce couple unique ondoyant au gré de leur fantaisie.

Le ciel s'assombrit, encombré de nuées poussées par le vent qui hurle en bourrasques. Le sol devient spongieux de garance, se noircit, se crève de flaques où boivent des corneilles jacassières et grognonnes. Sous le poids des nuages, alourdi de tristesse, le cheval perd de la vitesse, souffle pesamment. La pluie bientôt les aveugle. Ruisselants, lourdement, ils avancent plus avant, dans les tornades furieuses qui transforment en bourbier les ornières du chemin. Le cheval glisse, s'enlise. Jacques tire sur les rênes mais en vain. De la boue jusqu'aux jarrets, les naseaux fumants, l'écume aux lèvres, la bête hennit, s'affole, ses yeux se révulsent de frayeur. Enfin, elle se libère, bat des fers, les sabots couverts de sang, elle tombe sur le poitrail, bascule sur le flanc. Glacé de sueur, Jacques se débat sous la masse dangereuse qui l'étouffe involontairement.

Empêtré dans sa literie, les jambes ankylosées, entravées sur son bat-flanc, il regarde, sans comprendre, la boule d'argent accrochée à la paroi. Il reprend conscience des murs qui l'entourent, se sent rétrécir de douleur rageuse. La pénombre lui rend un à un les objets trop familiers. La table, la chaise, l'étagère avec ses livres, le lavabo et proche, la cuvette de faïence blanche. A deux mètres de lui, bien que tout ait la même teinte grise indéfinie, les contours de la porte se distinguent nettement.

Comme toujours après son rêve, une torpeur lancinante sourde sous le chagrin ! Les membres raidis, les aines en feu, il subit l'érection qui le ramène à la vie, s'installe durement au creux de son bas-ventre. Sa main, hésitante d'abord, se dirige sous le drap. Son gland nu palpite promptement sous l'espoir. Furieusement, les phalanges en forme de conque, il s'empoigne d'une fermeté suave, répète fatigué les gestes incontournables, salvateurs.

Inexorablement, le va-et-vient incessant le rapproche de l'ultime. Il sent monter en lui la vigueur de l'instant. Frénétique, son bras s'agite de plus en plus vivement, le creux de sa paume avive le frottement. La blancheur d'un éclair traverse la raideur gonflée, explose devant ses yeux ouverts sur le néant. Les mâchoires lâches, béantes, la respiration courte, lente, les doigts lâchent leur proie. Instinctivement, il palpe précautionneusement le filet visqueux répandu sur son flanc, qui coule goutte-à-goutte dans un repli de sa couche moite et fripée. Sans bouger, il reprend haleine. La ronde de ses pensées tourbillonne inféconde dans la perfidie de son désir inassouvi, inextinguible.

Jacques renifle brusquement, refoule au plus profond de lui-même la rancœur qui perdure dans les pulsations du souvenir. Il pensait que Christian et Claudine étaient ses amis. C'est chez eux qu'il s'était réfugié la main ensanglantée. Christian était absent, c'est à Claudine qu'il avait fait son récit coupé par les hoquets et les sanglots. Claudine avait téléphoné aux flics. Assommé, incapable de réagir, il avait entendu la défection de son amie. Christian était revenu au moment où les agents le faisaient monter dans le fourgon. Il l'avait accompagné jusqu'au commissariat. Ils avaient effectué le trajet sans un mot. Christian avait intercepté, interprété son silence, révélé l'ampleur du drame par un manque total de consolation.

Auteur d'un acte de violence, on l'avait isolé. Comme c'était le vendredi soir, il était resté deux jours entiers sans nouvelles de quiconque. On lui apportait des sandwiches et du café dans un gobelet en carton. Il n'avait pu ni se laver, ni se raser. Le lundi matin, l'avocate, envoyée par Christian, avait ordonné de le laisser se doucher. La juge d'instruction avait commandé l'incarcération. Il avait voulu protester, mais à quoi bon. C'était une femme, elle alléguait le risque de récidive. De cela, il en avait déduit que Janine avait porté plainte. Il avait regretté de ne pas l'avoir tuée. Une haine démesurée avait un instant obscurci son regard. La juge avait dû le percevoir car elle avait eu un imperceptible frisson de recul. A sa visite suivante, l'avocate lui avait demandé de contrôler ses émotions à l'avenir, du moins d'essayer de paraître plus contrit, sinon repentant, moins arrogant, de sourire un peu, pas trop, de baisser le regard, bref de sembler plus inoffensif.

Les tempes battues par le sang en fusion, tel un automate déréglé, il frappe les pavés de ses pas mécaniques qui le conduisent infailliblement vers le destin inflexible. Conscient du cruel interdit, impitoyable, il avance, incapable d'arrêter cette corde de démence qui le tire là où il ne veut pas aller. La vengeance bourdonne dans ses oreilles sifflantes, le force à procéder, l'enrobe d'un goudron qui annihile ses pensées. C'est lui et, c'est un autre. Il se considère, s'observe agir. Plus forte que lui, la passion l'enchaîne. La détruire est tout ce qu'il désire, effacer l'affront, la faire gémir pour sa trahison, la supprimer pour la douleur effroyable qu'il ressent tapie sous ses côtes, la faire souffrir, lui rendre le mal qu'elle lui a infligé. La tuer.

Les doigts crispés sur le manche du couteau au fond de sa poche, il enfile le labyrinthe des rues, porté par l'ivresse sombre d'une amertume hostile, destructive. Il sonne, il crie son nom. Demande après elle. Gravit les escaliers. Elle est là devant lui. Sortie sur le palier, souriante, elle le regarde. La rage dicte son geste. Avec force, avec excès, un goût d'amour, de mort et de sang dans la bouche, il abat la lame. Elle tombe à ses pieds. Il frappe encore brutalement. Elle se recroqueville. Implacable, il frappe toujours. Sa fureur apaisée, le bras ballant le long du corps, submergé par le sentiment grandissant d'un échec lamentable, il scrute dans un brouillard Janine qui se relève en titubant, pénètre dans l'appartement. Consternés, deux amis s'approchent d'elle, prononcent quelques paroles.

« C'est trop bête, » l'entend-il dire de sa voix triste perdue dans l'espace. Il n'a plus rien à faire ici. Personne ne songe à refermer la porte. Personne ne s'occupe de lui. Las, il redescend les marches. Des larmes coulent sur ses joues.

Le visage enfoui dans l'oreiller, Jacques pleure. Il n'a pas pu empêcher Janine de partir vers le soleil, vers un nouvel amour, d'être heureuse dans d'autres bras. Étouffé de regrets, il se mouche, se lève, s'approche du lavabo. Consciencieusement, il se rince. Bourru, il bougonne entre ses dents :

« Noël, mon cul ! »

La petite Viviane

Douillettement blotti sous le duvet de sa couette, Charles sommeille encore. Le tapotement des pieds nus sur le parquet le réveille tout à fait. Il baille, soulève avec précaution ses paupières. Entrouverts, ses cils filtrent l'image familière de Viviane penchée sur lui.

« Charles ! Charles !

– Humm.

– Viens ! Viens vite ! Lève-toi !

– Chut …

– Je les ai entendus ! »

La petite main commence à le tirailler énergiquement. Bon prince, Charles se dresse sur son séant, farfouille de ses doigts dans la masse de ses cheveux et, rejetant complètement ses couvertures sur le côté, il s'assied au bord du lit. Viviane le gratifie d'un sourire radieux illuminant ses fossettes. Patiente, se sachant irrésistible, elle attend d'avoir toute son attention.

« Il a crié : "Ho ! Ho !" J'ai bien écouté. Leurs sabots ont fait du bruit sur les tuiles.

– Alors, il faut aller voir.

– Oui ! Oui ! C'est sûr, ils sont venus. »

Emportée par la joie, Viviane bat des mains tout en riant à gorge déployée.

Dans une chemise de nuit bleu ciel, la tête rejetée en arrière, les boucles répandues autour du front légèrement bombé, c'est un chérubin qui l'observe du coin de l'œil. De trois ans son aîné, Charles se sent responsable de sa sœur. Elle est si innocente. Quelle naïveté que de croire au Père Noël ! Loin de lui cependant le désir de la détromper. Il se laisse gagner par l'enthousiasme contagieux de la petite magicienne qui, d'une pirouette, l'entraîne à nouveau au pays des fées.

« Doucement. Tu vas réveiller toute la maison. »

Elle sait que son frère a besoin d'un peu de temps au réveil et qu'ensuite, il fera tout ce qu'elle voudra. Inlassable, il partagera ses jeux, l'emmènera en promenade, lui apprendra mille choses. Elle et Charles s'adorent, sont inséparables. Pourtant, aujourd'hui, elle regrette la lenteur de son frère. Elle est si impatiente de découvrir les cadeaux. Depuis plusieurs jours, ils ne parlent plus que de cela.

La semaine passée, Grand-père est allé avec elle rendre visite au Père Noël. Ils sont descendus à la gare et ils ont pris le train, ce qui

leur arrive rarement, mais Grand-père a horreur de conduire en ville. Il abhorre les em-
bouteillages et les parkings souterrains. Un
jour qu'il avait emmené Grand-mère faire les
grands magasins, il avait perdu sa voiture
dans le dédale des niveaux. Il ne comprenait
pas bien le fonctionnement des chiffres et des
lettres. Quant à Grand-mère, elle avait une
profonde aversion de ces caves bétonnées
d'où l'on ne pouvait ressortir qu'en ascenseur
et pénétrer par un tunnel.

« C'est angoissant, » disait-elle.

Viviane savourait ce mot. Elle imitait
Grand-mère, le répétait en aspirant une pincée
d'air avant de prononcer en insistant bien sur
chaque syllabe : AN-GOIS-SANT. Elle cou-
vrait sa voix d'un voile doucement rauque
pour l'occasion.

Dans le train, Grand-père lui avait bien expliqué qu'ils devraient constamment rester ensemble, qu'il y aurait beaucoup de monde, que le Père Noël était très populaire et recevait en grande affluence de nombreux enfants venus le voir tout comme eux. Excitée à l'idée de rencontrer le vieil homme, elle avait posé des dizaines de questions auxquelles Grand-Père avait répondu en détail, lui peignant un portrait fidèle.

Elle l'avait reconnu dès qu'elle l'avait aperçu. Les lampes, les bruits, les cris, la musique, tout avait disparu. Il ne restait que Lui. La multitude des cadeaux qui l'entourait s'évanouissait devant Sa présence. Son fauteuil rutilant d'or et de pierres précieuses installé sur une estrade close de sapins décorés de mille feux, Il trônait au sommet d'une foule de petites têtes. Les yeux avides, elle le dévorait, sans oser respirer. Grand-père lui avait remis sa lettre entre les mains et, après l'avoir déposée à terre, il l'avait gentiment poussée parmi le flot des enfants respectueux. Timidement, elle avait attendu son tour, gravissant soigneusement les marches une à une. Arrivée près de lui, les lèvres humides entrouvertes de saisissement, elle l'admirait, obnubilée par l'écarlate rehaussée de blancheur. Il s'était penché vers elle, il murmurait des paroles qu'elle n'entendait plus et l'avait saisie par la taille. Il l'avait alors attirée sur ses genoux. Affolée et ravie tout à la fois, elle avait cherché des yeux Grand-père, sans succès tout d'abord, pour découvrir avant que la panique ne s'empare d'elle, son visage à moitié dissimulé par une branche de sapin. Alors, rassurée, elle avait tendu sa missive au Père Noël qui l'avait prise de sa main gantée. Enhardie, elle lui avait assuré avoir été sage tout au long de l'année, omettant quelques détails sans importance et, elle l'avait invité à venir chez elle. Souriant, il avait accepté. Un appareil photos surgissait de la foule, un flash l'aveuglait. Emportée dans les airs, elle se retrouvait dans les bras de Grand-père.

Elle n'avait plus aucun souvenir du retour, si ce n'est qu'elle avait gardé cette vision merveilleuse à l'abri de ses paupières closes, feignant le sommeil pour prolonger la vision de rêve. Les jours suivants avaient été un martyre, elle n'en pouvait plus d'attendre. Enfin, le matin suprême était là.

Charles se met debout, lui prend la main. Sans un mot, ils se dirigent vers l'escalier. Sans faire de bruit, retenant son souffle tant l'expectative est immense, elle franchit les derniers degrés. Les portes du salon sont glissées contre la paroi. Ses deux pieds plantés dans le moelleux du tapis, statufiée par l'ahurissement, elle ne peut plus bouger. Là où hier encore se tenait la vitrine, se dresse un sapin bleu géant.

La touffe d'argent du pic cajole le plafond, les branches chargées de neige s'étendent jusqu'aux coins, des sphères de verre, des pommes de pin givrées, des boules en or se pressent entre les guirlandes savamment disposées. Un lapereau frappe de ses deux baguettes minuscules un tambour porté en bandoulière, des oiseaux de miroir, cramponnés aux aiguilles, pépient à qui mieux mieux, hochent leur queue tremblotante. D'un va-et-vient régulier, les chevaux d'un manège font tinter leurs clochettes, un skieur, lancé à toute allure, fait un slalom à la pointe du feuillage. Au-dessus de la crèche enfouie dans les rochers au pied de l'arbre, une étoile clignote timide. Dans chaque mèche de cheveux d'ange, un rayonnement bariolé lui répond.

« Il a tenu sa promesse ! Il est venu ! » murmure Viviane ébahie devant les paquets enrubannés éparpillés sur la moquette. Toutes les formes, toutes les couleurs sont réunies en un amalgame joyeux de nœuds, de rosettes et de papier glacé. Un déferlement d'émotions submerge son cœur, emporte sur son passage toute trace d'éducation. Elle trépigne de bonheur.

« Noël ! Noël ! C'est Noël ! Papa ! Maman ! Grand-père ! Grand-mère ! C'est Noël ! » hurle Viviane qui courre de bonheur se réfugier dans les bras de Grand-père.

Réveillon

Prudemment, encerclées par le faisceau du réverbère, les semelles défilent au ras du soupirail. La neige fondue et le verglas leur ont communiqué cette précarité qui les propulse précieusement avec une retenue inavouée. Certaines, bien épaisses, se posent sans hésitation visible, alors que d'autres, celles des fines chaussures, marquent un tâtonnement à peine perceptible, goûtent le sol avant de s'y confier. Pendant des heures, Sylvia observe le va-et-vient sur le trottoir, recherche dans la multitude les petits souliers, ils lui appartiennent l'instant où ils traversent l'embrasure. Elle adore les escarpins de couleur mais, ils se font de plus en plus rares. Les talons larges sont à la mode, noirs de préférence. C'est sa manière à elle de faire du lèche-vitrines. A l'abri dans le fenestrage, elle aime imaginer les corps au-dessus des mollets. Quelquefois, deux paires vont du même pas, elle voit alors des êtres en-lacés, se murmurant des serments. Mais au-jourd'hui, tous semblent pressés malgré la chaussée incertaine. Ils se hâtent dans le froid, vers leur destination, la chaleur d'une famille, le confort d'une maison.

Depuis que Dupont est mort, Sylvia n'a plus personne. Ensemble, ils faisaient de longues balades sur les bords de Seine, pour le sain plaisir de marcher. Été comme hiver, les quais leur offraient un spectacle appréciable et gratuit. Dupont, en dépit de son âge avancé, restait alerte au détail des pavés, reniflait chaque touffe d'herbe, réussissait à chasser les papillons égarés au bord de l'eau. Il ne se faisait jamais prier pour sortir. A ces souvenirs, un gros soupir humide s'échappe de sa poitrine et, involontairement, elle resserre son anorak autour de ses épaules. Dupont n'avait pas supporté les déménagements successifs.

Elle se ressaisit. Elle ne doit pas se plaindre. Les atermoiements sont inutiles, dangereux. Il y avait plus malheureux qu'elle. Bien sûr, c'était un coup dur d'avoir perdu Dupont, mais certainement qu'au printemps, elle retrouverait un jeune chiot abandonné sur une poubelle. Il y en avait tous les ans. Et, n'avait-elle pas eu la chance de découvrir cette cave désaffectée pour l'hiver alors que beaucoup d'autres devaient se contenter de cartons, à la merci des intempéries, des éboueurs ?

Satisfaite, elle détourne le regard du théâtre de la rue pour inspecter son domaine nouvellement acquis. La pénombre environnante contrastant avec la clarté du dehors la fait clignoter des paupières à plusieurs reprises. Elle passe systématiquement en revue ses possessions dont elle n'est pas peu fière. Elle discerne chaque cageot, chaque planche, entassés contre la paroi où elle range les journaux et les magazines récupérés. Considérant le tout d'un œil appréciateur, elle remarque avoir installé là une belle bibliothèque. Qu'importe si les ressorts ont percé le jute râpé du fauteuil ou si le manque de lumière la prive du plaisir de lire ! Le coin ainsi meublé lui rappelle l'apparence douillette d'un chez soi. Mais, c'est avec tendresse qu'elle contemple le matelas échoué près du mur opposé.

Elle l'avait déniché un matin quelques rues

plus loin et s'était empressée de le tirer jusqu'à son repaire. La toile avait quelque peu souffert pendant le transport, mais présentait néanmoins un aspect très acceptable, sans trou notoire. Disposant des clayettes en guise de sommier, elle l'avait étalé dans l'encoignure à l'abri des courants d'air. Chaque soir depuis, s'allongeant dans le moelleux de son lit, elle remercie son étoile de veiller sur elle, se félicite d'avoir eu la force de le traîner jusqu'ici. Grâce à des couvertures entassées sur le grabat, elle peut tous les jours sacrifier au rituel du coucher et du lever, enlever ses vêtements le soir pour les remettre au matin, sans crainte d'attraper la crève.

L'illusion d'une vie bien réglée l'aide à survivre. Quel que soit le temps, en toute saison, elle part de bonne heure faire son marché. Précise, efficace, elle inspecte méticuleusement les tas d'ordures, remplit son cabas de toutes choses utiles, de restes appétissants et va déjeuner au square. Même s'il pleut, elle revient rarement ici, elle adopte plutôt un abri sous un porche dans une ruelle tranquille. Elle a ses petites habitudes, mais change sa routine journellement de peur qu'on ne la surveille.

Souvent, lorsqu'il fait beau, elle monte au Sacré-Cœur, pas pour jouir de la vue sur Paris, mais parce que les gens y sont plus généreux qu'à Notre-Dame. Elle tend la main, assise au pied des marches. La plupart des visiteurs lui remettent une pièce ou un billet, en particulier les étrangers. Ceux-là n'osent pas refuser sa sollicitation. Son allure chétive, son haleine propre, ses cheveux tirés, lisses, sa main polie, les incitent à l'offrande. Elle les soupçonne d'avoir honte de leur attirail sophistiqué en bandoulière devant sa pauvreté évidente. Leur doute ne frôle même pas la vérité, sa réalité quotidienne.

Avant-hier, elle est allée au Père Lachaise en prenant la rue Turbigo. Initialement, elle voulait se rendre aux cuisines de l'Hôpital Saint-Louis, mais sans s'en rendre vraiment compte, elle a pris à droite, enfilé l'avenue de la République. Liberté ! Égalité ! Fraternité ! Trois mots qui l'ont rendue dubitative en les lisant.

L'entrée principale du cimetière, sur le boulevard de Ménilmontant, avec, au fond de la grande avenue, le monument aux morts colossal, l'incitait à la flânerie. Elle a visité Colette après Mademoiselle Lenormand, puis Rossini et Alfred de Musset. Prise au jeu des rencontres, elle bifurqua sur la gauche en haut des escaliers, allant vers Bizet et Enesco. Des marches encore et, Raymond Radiguet l'accueillait. De l'autre côté, près du carrefour du Grand Nord, ce furent Grétry, Méhul, Pleyel, Chopin, Cherubini et Bellini qui réveillèrent en elle des bribes de souvenirs de vies antérieures. Elle s'est allongée sur une dalle, elle aurait voulu rester là, couchée sur le marbre blanc, entourée des accents qui autrefois l'avaient bercée, mais la morsure du froid l'avait poussée à repartir. Elle avait cueilli une branche de buis qui poussait près d'une croix. Rentrant par le boulevard de Magenta, elle était à l'heure pour assister à la messe de sept heures et demie.

Son butin protégé sous sa veste, elle avait déambulé par le lacis des petites rues. En passant devant les Galeries Lafayette, elle avait été saisie par la profusion des illuminations. Un marchand de marrons lui avait fait cadeau d'un cornet de châtaignes grillées qu'elle avait dégusté en admirant les guirlandes éclairées. C'est alors qu'elle avait décidé de décorer son logis.

Sylvia calfeutre la fenêtre avec des planches, bouche bien les fentes avec des chiffons. Elle sort de sa poche sa boîte d'allumettes, se dirige vers le tronçon de bougie qu'elle sait trouver dans l'obscurité. La pièce se remplit d'une lueur douce dévoilant les murs salis de traînées de salpêtre, les flaques croupissant dans l'angle côté rue sur lesquelles, inlassables, des gouttes jettent leur dévolu. Dans le plafond, d'une plaie aux lèvres empaillées, suinte un liquide noirâtre le long d'une conduite enrobée de plâtre éventré. Elle ne voit rien de tout cela, sur les planches équarries servant de support sont étalés ses trésors. Émerveillée, Sylvia les examine d'un œil exultant de propriétaire. Pour tout autre, ils ne formeraient qu'un ramassis de détritus bons à jeter ; pour elle ce sont ses chéris, ils ont une histoire commune. Le pot en verre, où trempe le buis, vient de la Gare du Nord, de la poubelle d'un Thalys en provenance de la Belgique, elle s'en souvient. Il était presque plein, lorsque plongeant son bras, elle l'avait extirpé de la corbeille. L'assiette en porcelaine est un présent de la rue Mouffetard, un soir de pluie. La tasse, le gobelet, la carafe, tous lui parlent un langage déchiffré par elle seule, lui disent des mots qu'elle est seule à entendre. Mais ce soir, elle écoute à peine les amis de toujours. Celui qui l'émeut le plus, exige toute son attention, c'est le petit arbre qu'elle a fabriqué de résidus de feuillage plantés dans un seau de sable. Elle a accroché parmi les aiguilles des papiers de bonbons, des bouts de sacs en plastique, du papier alu tirebouchonné sur l'écorce. La pièce maîtresse de tous ces ornements est un père Noël, rescapé du caniveau de la rue Monsieur le Prince.

Sur une chaise estropiée, son cabas plein l'assure d'une bombance sortant de l'ordinaire : ce soir elle dîne chez elle, c'est Réveillon. Elle fouille dans un tas de nippes au pied du lit, en ressort un grand tissu rouge, le déplie consciencieusement, le secoue violemment, s'en fait une nappe amarante qu'elle drape somptueusement. Des plis tombant à terre, émane une allure d'antiquité. D'un sac, elle sort une miche entière, une boîte de cassoulet à l'étiquette bariolée. Pour dessert, un flan au caramel dans une barquette en plastique de couleur blafarde.

Elle s'assied sur le tabouret bancal, garrotte le cassoulet dans le creux de son coude, tire la languette d'aluminium. Le couvercle se décolle, se courbe, se détache sans problème. Elle approche de ses narines les haricots blancs, respire fortement, hume avec volupté le fumet cuisiné, plonge sa fourchette dans la masse durcie, en inspecte vigilante les composants, trie les morceaux de lard microscopiques, la saucisse, qu'elle aligne sur le rebord de son assiette, les gardant pour la fin. A l'aide de sa cuillère, elle racle le fond de la boîte, récupère jusqu'à la plus infime parcelle de gelée. Prête à se régaler, elle examine avec circonspection le tas de gélatine devant elle.

Un frôlement fureteur près de la porte. Son cœur fait un bond, s'affole. L'irréversible est renversé. Dupont est là derrière le bois. Elle écarquille les paupières à s'en faire mal, essaie de faire reculer la pénombre. Sa poitrine se fige, elle cesse de respirer. Plus rien. Elle aura rêvé. Triste tout à coup en dépit de son festin préparé devant elle, elle s'étonne de l'espérance qui l'escorte au-delà de la mort, la fait chavirer au moindre signe, l'accule dans de folles pensées. A nouveau, un frottement discret persiste. Elle tourne lentement la tête, reluque le noir de chaque recoin. Au-dessus d'un madrier, dans l'opacité absolue de la nuit, deux points rougeoyants la toisent effrontément, la dévisagent de leur incandescence impudente. Soulagée, elle se met à manger. Un bien-être déferle en grandes vagues incessantes, lui restitue une chaleur bienfaisante. Elle a envie de rire, de pleurer. Elle ne sera pas seule ce soir.

E la nave va

Le regard perdu dans la traînée laiteuse marbrée de lapis-lazuli, de jade et de saphir du sillage, la silhouette guette les marsouins rieurs bondissant hors de l'écume pour la saluer. Ses pensées flottent au loin, encadrées par les citronniers et les orangers caressant les arabesques en fer forgé de leur feuillage verni, abritant des fruits prometteurs de délices futurs sucrés.

Les grillons infatigables déchirent la nuit, s'interpellant violemment d'une muraille à l'autre. Par moment, ils cessent brusquement leur vacarme sans raison apparente, le silence fait alors place à leur tapage qu'ils reprennent de plus belle quelques instants plus tard. Leur ardeur n'a d'égale que celle des cigales les relayant aux plus timides lueurs de l'aube polissant de nacre et de moire argentée l'émeraude de la mer alanguie dans l'anse de la baie, où les galets, épuisés de leurs folles randonnées, s'échouent bercés par la malachite en fusion. Au pied de l'église pommée, gisent les pierres tombales des ancêtres, dernier repos des enfants du pays. Les murs de marbre rejaillissent de lumière, miroirs lactescents des cristaux de pierres où nul ne se reflète et où tous se retrouvent.

Quelques toits de tuiles rondes se cachent dans les verdures, tels des oranges mûres dans des arbres géants. Des cactus infernaux bordent les allées, sinuant, calfeutrant les poteaux électriques de leurs paumes immenses. D'autres, aux branches feuillues, se perdent en bord de route, se groupent en ivresse dans les fossés guillerets, charriant joyeusement des sources infidèles, se jetant sans opprobre sur le sol buveur. Les figuiers, leurs doigts largement écartés, indiquent le chemin, offrant leurs bourses pleines en aumône aux passants.

Alors que dans les airs, pâmées, les hirondelles chassent, pirouettent au zénith, gobent les libellules dans les méandres de brises tiédies, les bougainvilliers en fleurs assaillent les toitures, rivalisent de vitalité avec les clématites indigo et le chèvrefeuille étincelant, répandent leurs fragrances amollies dans la chaleur naissante.

La mer, après quelques jours de furie sous l'influence de la pleine lune et d'un tremblement de terre conjugués, s'est calmée quelque peu. Seules, des vagues écumeuses mélangeant avec fracas les galets alourdis par des millénaires de roulis, rappellent le tumulte passé par leur victorieux panache. Des gerbes blafardes s'écrasent sur la grève, éclaboussent d'arc-en-ciel et d'embruns les baigneurs allongés en offrande au soleil sur leurs couches multicolores. Pour un instant, une mousse bouillonnante masque aux regards inquisiteurs les graviers mélangés sans pudeur à l'eau soudain troublée. Tout se fond en un tourbillon joueur. Les chuintements langoureux colportent derrière eux les crécelles aiguës des cailloux traînés sans pitié vers le ressac amer qui engouffre, désinvoltes, le fourbissage plaintif des ondes percutées par son souffle puissant. Les rouleaux infaillibles répètent leur manège où, cependant, s'avèrent des modulations certaines à l'œil et l'oreille persistante. Les barques de pêcheurs bondissent au bout de leur longe, tantôt dissimulées par une vague déferlante, elles réapparaissent triomphantes à la crête d'un sommet furtif, aboyant dans le vent qui siffle sa fureur.

Marchant le long de la grève, elle ressent la puissance de la mer devenue d'acier, de mercure et d'argent, révélant sa violence et sa force latentes, dans ces signes précurseurs de ravages susceptibles d'être.

Les machines se sont tues. Dimitri a fait jeter l'ancre. L'explosion étouffée d'un bouchon de champagne la laisse indifférente. Elle glisse dans la transparence bleutée. Des poissons curieux zigzaguent brusquement, viennent l'explorer, baiser ses orteils aux ongles ciselés. Petits sous-marins fuselés, ornés de couleurs tour à tour éclatantes et tendres, ils s'unissent allègrement en des ballets sémillants de pureté dans leur dynamique pétulante.

Ils virevoltent paresseux pour soudainement disparaître apeurés, zébrant l'onde de leurs stries dorées. Leur frayeur apaisée, ils reviennent contourner les mollets nageurs, se risquant fanfarons à de scabreuses plongées. Maria, heureuse, les épie. Ils sont libres. En quelques brassées vigoureuses, elle remonte vers le miroitement de la surface, agrippe l'échelle, prend pied sur le premier barreau, gravit les degrés, attrape la serviette nouée au bastingage par une main attentive.

Rafraîchie, elle se rallonge au soleil bien qu'elle sache qu'il sera néfaste pour sa voix, tout comme cette oisiveté à laquelle elle s'adonne sans remord depuis plusieurs mois.

Elle sent sur sa peau la couleur de son ombre avant qu'il ne la recouvre de sa chaleur. Sa main caresse son cou, descend sur l'épaule, son pied frôle sa cheville. Ses doigts aux gestes lents exacerbent son expectative. Faisant glisser une à une les fines bretelles sur ses bras, il la dénude jusqu'à la taille. Ses lèvres s'égarent sur sa bouche pour couler vers son oreille. Il chuchote son nom, la mordille doucement, impatiemment. Ses caresses se font plus précises, sa bouche aspire la fleur de ses seins, ses mains expertes se pressent, arrachent le maillot de bain puis, à nouveau, elles se font tendres, initiant en alternance des ondes de douleur et de délices, discrètes tout d'abord, violentes enfin. Des lames de fond la submergent, l'emportent dans leur galop frémissant. Sa langue soyeuse explore délicatement son intimité. Embrasée, suffoquée par son ardeur, elle l'attire avec force au creux de ses reins arqués de jouissance. Elle explose de le sentir en elle. Leurs membres emmêlés, succombent dans la même passion, les roulent frénétiquement dans la houle du plaisir. Vaincus d'amour, ils émergent dolents des limbes de leur ivresse. Elle se love apaisée dans le cocon de ses bras.

Avec Dimitri, elle est femme avant tout. Elle ne pratique plus que rarement ses gammes. Les journées s'étirent paresseuses, sans l'inciter à vocaliser. Mais ce matin, elle a chanté ; Dimitri comptait sur elle pour distraire ses invités. Au lieu de leur offrir un feu d'artifice comme à l'accoutumée, il a fait célébrer une grande messe dans le village de Loggos où elle a joué le rôle de prêtresse. Malgré l'incongru de sa requête, elle y avait accédé n'y mettant qu'une condition : passer la journée de Noël tous les deux, seuls en mer, loin de tous. E la nave va.

Joyeux Noël

Les paupières tressaillent brièvement sous la clarté lancinante. Au même instant le diagramme en dents de scie s'accuse en pointes sonores sur l'écran de verre allumé. Un visage se penche sur la face exsangue. Des mains soignées, précises, compétentes s'affairent. Un chariot présente sur une serviette sans broderie, sans fioriture, des instruments de torture en acier brasillant. Une seringue transperce une veine pâle. Un geignement morne, tout juste audible, s'échappe des lèvres craquelées, blanchies. Joël lutte de toutes ses forces pour atteindre la lumière, échapper à la nuit.

Il se débat contre la nausée qui l'attaque à chaque gorgée d'eau, lui soulève le torse en spasmes suffocants à chaque comprimé. Il refuse de succomber à la douleur violente, implacable, inexpugnable qui lui secoue les entrailles. Il maîtrise la souffrance de plus en plus péniblement, son estomac se révulse, accuse un haut-le-cœur plus virulent, le contraint à haleter précipitamment. Le goût amer des cachets, infernal, immole ses papilles, s'empare de ses sens, son odorat, lui répugne, l'assaille. Ses dents crissent, éclatent dans sa cervelle en fusion, s'entrechoquent et claquent des inepties inextricables dans le fouillis des marmonnements englués de salive et de souffle restreint. Ses doigts se crispent sur le verre d'eau qu'il boit d'un trait. Le liquide l'écœure, déchaîne une série de hoquets vomitifs, lui tire les larmes aux yeux. Une viscosité répulsive emplit sa bouche mi-fermée, jaillit, humiliante, dégradante. Avili, il perd conscience entouré de sa souillure.

Une main douce le palpe. Des murmures parviennent dans ses limbes embués. Une lueur brumeuse filtre des ombres sous ses cils.

Les mêmes profils, chaque soir, sanglés dans leur pardessus sur les trottoirs illuminés pour les fêtes. Les mêmes visages crayeux, sans sourire, sans parole, sans regard. Il les croise tous les jours au cours de ses promenades solitaires. Pas un bonjour. Il essaie. L'air avenant, il s'approche, les salue. Hagards, ils le fixent, se dérobent. Apeurés, ils s'enfuient. Qu'un inconnu leur parle les déroute ! Quelquefois, il crie au milieu de la chaussée. Gênés, ils détournent les yeux, préfèrent ne pas le voir, du moins le prétendre. Il les connaît. Il les aime bien. Ce sont eux. Stagnant dans les méandres de regrets inavouables, de désirs corrompus, ils ne veulent pas de lui. Il les regarde. Se regarde. Où est la différence ? Il reste sans comprendre. Ses vêtements propres. Rasé de frais. Soigné de sa personne. Ils évitent la main tendue.

Une paume se pose sur son front. Relève les mèches poisseuses. L'attouchement des doigts frais lui procure du bien-être. Il bat des cils, fait non de la tête, repousse le choc, l'instant de vérité. On lui parle distinctement, l'invite à boire.

Boire, il ne le peut pas. Jamais il n'a aimé l'amitié créée près des comptoirs, l'alcool qui tisse autour des habitués un complot de convivialité qui disparaît au contact de la rue. Jamais il ne fréquente les cafés, les rires bruyants, les musiques criardes, les garçons affables ou abjects, les blagues égrillardes, la fumée, le tiercé. Les rituels de l'apéritif et du petit-blanc sont pour lui étranges tout autant, que les quolibets de marché où il ne séjourne guère. Ces gens qui hurlent des choses incongrues par-dessus les rangées d'étals l'effraient. Il est pris de panique à l'idée qu'un des mots pourrait rater sa trajectoire, lui tomber sur la tête. Il y en a des jaunes qui sifflent allègrement, des rouges qui bourdonnent, des noirs qui grondent, des verts qui ricochent sur les poteaux, s'écrasent sur les tréteaux, parfois des blancs qui voltigent sur un souffle, mais il a une prédilection pour les bleus qui se propulsent en spirale, décantant des volutes dans l'air vif matinal. Nulle part ailleurs, les mots ne forment une telle sarabande saccagée.

On le soulève sous la nuque, remonte ses oreillers. Il voudrait à nouveau s'engoncer dans le sommeil, qu'on le laisse tranquille. On cale dans ses doigts un objet, il presse les boutons du boîtier.

Dans la boue salie par la neige fondue, des centaines de gens avancent, des femmes et des enfants surtout. Ployant sous des fardeaux informes, ils progressent lourdement, pas à pas, dans le silence en une longue file interminable. Pataugeant dans la gadoue, ils marchent sur la route obscure, ils se hâtent vers un bourbier plus déplorable encore que celui qu'ils viennent de quitter. Surplombant la colonne de réfugiés, des officiers de la paix abrités dans des tanks les surveillent, pointent en leur direction le nez de leur fusil. Du sommet immaculé de la colline avoisinante, un monstre ailé surgit, crache des éclairs de feu. Le crépitement de son vol retentit en staccato d'épouvante dans la vallée. Des corps s'affalent. Des cris, des pleurs, des prières s'élèvent vers le dragon d'acier. Sourd aux lamentations, il vrombit vers l'horizon. Les mitrailleurs entrent en action, regroupent de leur menace et de leurs balles, les êtres dispersés. Le défilé se remet en marche, emmène ses morts et ses blessés. Sur la neige, des étoiles avinées témoignent de son passage.

Joël se cache la face de son bras replié. Épuisé, révolté, déchiré de soubresauts, il tressaute nerveusement. On écarte son coude. Vaincu, il ouvre les yeux. Un ange tout habillé de blanc lui sourit.

« Joyeux Noël !

– Joyeux Noël », répond-il automatiquement.

Doucement, très doucement, il pleure comme un petit enfant.

Premier jour de Noël

Incrédule, elle avise les assiettes blêmes. En leur milieu, insolentes, se pavanent des tomates pelées. Intriguée, elle ne voit qu'elles, présomptions ardentes encerclées d'or, sur la porcelaine opaline. Elle serre des mains, absente, les noms voltigent autour d'elle sans s'inscrire sur les faces amicales. Son premier contact avec la famille de son mari, réunie au complet autour de la table décorée aux deux extrémités par une plante miniature aux feuilles brique sombre en forme d'étoile, coïncide avec le repas de Noël. Ils ne sont nullement en retard et pourtant, tous les visages se tournent à leur approche, semblent offusqués sous le sourire arboré, pleins d'un reproche non formulé. Apparemment, ils auraient dû venir plus tôt, boire ensemble l'inévitable tasse de café, qui aux Pays-Bas, tient lieu d'apéritif, mais ils ont préféré passer ce préliminaire éprouvant ! Sa belle-mère la presse de prendre rapidement place, entre une grande femme à la chevelure blonde épaisse, lâchée sur les épaules et son beau-père qui préside. Son époux lui fait face, à la droite de son père. Une des filles de la maison aide la mère, apporte plusieurs plats d'argent dont le couvercle lui masque le contenu.

Au travers des portes vitrées du salon, le sapin illuminé clame que c'est fête, mais demain le sera également dans la mesure où il y a deux jours de Noël, le premier consacré à la famille, le second aux amis. En revanche, aucune tradition de Réveillon ne commémore la naissance du Christ ou l'avènement de la Saint Sylvestre.

A Chris incombe la tâche de servir la boisson. Étant marié à une française, il se doit d'être l'expert. Qu'il s'agisse d'un Riesling ne fait qu'ajouter au prestige l'auréolant ! Dans leur nudité fragile, les tomates ne la quittent pas des yeux. Chacun dégoise ses connaissances sur les différents vins de France. Par politesse à son égard, la discussion sur leurs propriétés respectives se déroule en français. Elle aime lorsque les Néerlandais parlent sa langue, posément, cherchant leurs mots avec délicatesse, employant leur sens inné du langage, ils construisent des phrases sémantiquement correctes, dont la justesse syntaxique la ravit. Ce qu'ils disent est totalement sans importance, mais la manière de l'exprimer, d'une cohérence manipulatrice enjouée, reçoit toute son admiration.

Horrifiée, elle observe son beau-père se saisir d'un sucrier, saupoudrer généreusement sa tomate, imité par les autres convives. Elle cherche désespérément des yeux les salières qui n'ont pas encore fait leur apparition entre l'argenterie, la porcelaine et les cristaux. A sa plus grande détresse, elle réalise la désertion de son mari qui, habituellement féru de plats français, s'inspire de ses parents, hache menu le fruit des Aztèques, le mange avec délice à la petite cuillère comme un entremets succulent. Personne ne prête attention à son assiette, elle croque la solanacée nature, maudissant les ignorants de la vinaigrette. L'aide-ménagère est absente, la sœur cadette assure le service, change les couverts, ramasse la porcelaine sanguinolente.

« En ton honneur, nous faisons un repas à la Française, c'est pour cela que nous avions un hors-d'œuvre avant le potage. »

Elle reste confondue, sans réplique. Elle devine dans un liquide pâle, fade, sans goût avoué, le consommé d'asperges à la Hollandaise, présenté luxueusement dans les soupières d'argent.

Directement de la cuisine, apportés servis sur une seule et même assiette, une tranche de rôti de porc voisine avec des pommes de terre sautées, des choux de Bruxelles, de la compote. Elle écoute avec plaisir sa belle-famille deviser sur les recettes. Le Hollandais à sa façon est gastronome, bien que personnellement elle estime ses aliments balançant généralement entre la consistance d'un petit pot pour bébé et celle du pâté. Son opinion est, une fois de plus, renforcée à ce repas où les invités

écrasent sans pardon leurs légumes à la fourchette, les mélangeant soigneusement aux
pommes de terre réduite en purée et à leur
viande finement coupée en morceaux. Ils
transforment tout en une panade onctueuse,
l'arrosent copieusement d'un jus gras dont les
saucières sont remplies à ras bord et, la cou-
ronnent d'un échafaudage de crudités à la
mayonnaise.

Son beau-père, un professeur universitaire
émérite, soutient la conversation sur l'art culinaire, reste partagé par son souci de ne pas la
dégoûter tout à fait et son penchant personnel.
Il fait une entorse évidente à son habituelle
manière de procéder. Sa viande reste intacte à
côté de la purée de choux de Bruxelles et de
pommes sautées. Il s'engage dans une des-
cription détaillée des plats exceptionnels aux-
quels il a été convié de goûter au cours de ses

nombreux voyages. Serpent grillé aux braises du Sahara, soupe d'œil de singe de Malaisie, couilles de bouc pochées du désert de Gobi, sauterelles grillées de Tanzanie, il est intarissable. Mâchonnant distraitement, elle l'écoute poliment. Son français est parfait, son élocution élégante, le choix de ses mots précis. Il raconte avec une faconde amusante, mêle une vision personnelle aux faits incontestablement vrais, il concocte des histoires spirituelles, charme son auditoire. Il s'est plié à toutes les coutumes pour ne pas offenser ses hôtes. Sous l'enchantement de ses paroles, la morale transperce à peine déguisée. Elle, elle veut bien, mais ses papilles gustatives se révoltent au fatras sur les assiettes.

Elle rassemble ses pensées. Le chou rouge, cuit en mélasse informe, incolore, acide du filet de vinaigre indispensable, agrémenté de boudin en tranches aussi grosses que de la mortadelle, la scarole hachée finement mélangée à la purée, la choucroute écrasée avec les pommes de terre bouillies, la margarine qui remplace le beurre sur des tartines carrées de mie molle sans croûte, font aussi partie d'un exotisme spectaculaire à seulement deux pas de lui, mais invisible par sa proximité. Tout comme ce repas qui s'achève brutalement sans fromage, sans dessert sur une nappe sans souillure, virginale, sans trace orgiaque, sans vie.

X Mas

Les clameurs de la rue se répercutent autour d'elle sans l'atteindre. Léger, le ronronnement étouffé de la limousine lui parvient. Les vitres fumées la protègent des regards curieux sans l'indisposer. A l'aéroport, les employés s'interpellaient joyeusement. Chaque voyageur avait droit au « Merry Christmas » d'usage en supplément du tampon officiel sur son passeport. A la sortie de la douane, l'arbre géant lui disait que c'était Noël. Le spectacle familier des passants inconnus distrait son impatience. Encore quelques minutes, elle sera dans Manhattan.

La neige a envahi le parc où les troncs dénudés portent loin le regard. L'Hudson jette ses feux, longe patiemment la rive découpée dans la glace. A cette heure matinale, ses flancs vierges de toute trace hébergent uniquement les squelettes de l'hiver. Des geais bariolés volettent dans les branches, tachent d'azur et de rouille le tapis blanc entassé à leurs pieds.

Il allume les bougies, déplace un candélabre, hésite près de la cafetière. Dans deux ou trois minutes, elle sera là.

Ils traversent Brooklyn Bridge. Le chauffeur dirige avec dextérité le lourd véhicule dans la circulation. Il connaît sa manie de toujours remonter par le City Hall, Bleecker Street, Greenwich, Chelsea pour rattraper le West Side. Il respecte sa manière de reprendre contact avec la cité, de savourer silencieusement le retour, les retrouvailles. Dans le temps, elle aimait passer par Broadway, la Cinquième avenue, traverser le parc, mais ils avaient inauguré un nouveau trajet pour lui éviter les souvenirs désagréables depuis l'accident.

Elle ne peut s'empêcher de lorgner du côté des buissons, pourtant invisibles. L'angoisse l'enfonce dans le cuir des coussins, l'enferme dans un assourdissement sombre. Le battement de son cœur lui interdit de respirer. Prosternée dans le bouillonnement du sang qui rugit à ses oreilles, les narines pincées, elle subit cette main qui l'oblige à desserrer ses mâchoires crispées, cette autre qui déchire son chandail pendant qu'un genou sans merci lui plaque les reins à terre. Impuissante, elle renifle, mêle sa morve à des larmes de dépit, de rage et de terreur. Elle hurle sous la main qui la bâillonne, elle hurle sous le poing qui martèle ses tempes, elle hurle sous les ongles qui labourent ses seins. L'impact des injures ordurières la blesse plus que les coups. Le liquide chaud et gluant lui poisse la gorge, les lèvres. Révulsée par la peur, la honte, elle sort du fourré, les bras coincés sur le corps.

Instinctivement, elle ramène sa cape autour d'elle. La neige sur les trottoirs est intacte.

Dans un appartement du Riverside Drive, un arbre de Noël géant croule sous les boules. Le vert puissant criblé de rouge, de bleu éclate sous les guirlandes d'or, d'argent. Des lampes multicolores clignotent par intermittence, relayées par de grosses étoiles blanches généreusement disposées. A sa base, un bonhomme de neige veille sur un échafaudage de paquets enveloppés de papiers rutilants. Certains exhibent des catogans bien repassés, d'autres des bolducs gros comme des choux assortis à leur faveur. Des galons vifs jalonnés de brillants entourent les plus petits.

Il inspecte la montagne de cadeaux une dernière fois. Avides de fêter son retour, tous leurs amis sont venus apporter leurs présents de bienvenue. Elle revient d'un long voyage. Il l'attend.

Tapie dans le delta bourbeux de ses souvenirs cauchemardesques, ses pensées dilatées par le supplice de sa mémoire acerbe, révoltée, elle frissonne dans la chaleur ouatée. Le silence est sans appel, sans espoir. Ce ne sera jamais plus Noël.

Table des matières

Prologue   p. 9

Ave Maria   p. 13

Noël blanc   p. 25

Le Sapin de Noël   p. 31

La Forteresse rouge   p. 41

Vol 7.45   p. 51

24 décembre   p. 63

La Cavale   p. 81

La petite Viviane   p. 91

Réveillon   p. 101

E la nave va   p. 117

Joyeux Noël   p. 127

Premier jour de Noël   p. 135

X Mas   p. 143

Table des matières   p. 149

Imprimé par CreateSpace
Dépôt légal octobre 2015